AF316330

SATYRE

SUR LES SOCIÉTÉS

EN COMMANDITE

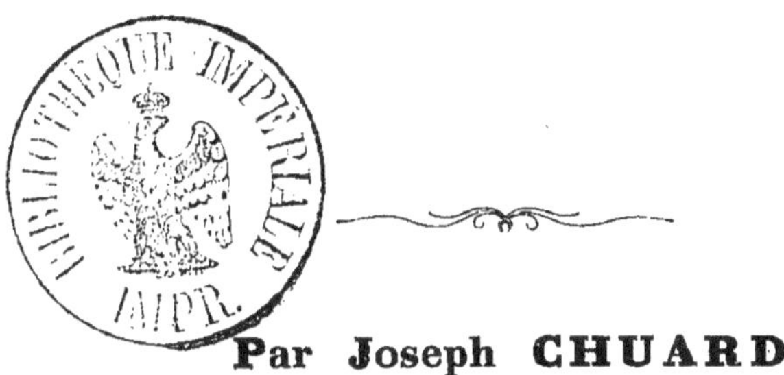

Par Joseph **CHUARD**

LYON

IMPRIMERIE ET LITHOGRAPHIE DE C. BONNAVIAT

RUE SAINTE-CATHERINE, 13

—

1859

A LA COMMANDITE.

I.

Fille de l'empire des songes,
Toi qui vis aux frais des cités;
O vile esclave des mensonges
Et de favoris éhontés!
Puisse le Ciel, dans sa colère,
Te rendre fille de la terre
Et sujette aux lois des mortels!
Puissent les souverains du monde
Te bannir, courtisanne immonde,
Et fouler aux pieds tes autels!

II.

Crois-tu que tes belles paroles
Charmeront encor les humains?
Et qu'ils rendront à tes idoles
Un culte imité des Romains?
Non! non! Tes secrets de Vampire,
Qui plongèrent dans le délire
D'innombrables adorateurs,
Te font abhorrer de ces villes
Qui furent jadis trop serviles
A solliciter tes faveurs.

III.

J'allais, dans ma vive tirade,
Chanter de Circé les exploits,
Quand soudain par cette boutade
Elle étouffa ma faible voix :
Reconnais-moi comme déesse
A cette incomparable adresse
Dont je peux doter les gérants,
Et juge mon pouvoir suprême
A ces conseils que la loi même
Ne peut rendre du vol garants.

IV.

J'ai l'art de me rendre invisible
Sous le masque de la vertu,
Et de rendre un homme insensible
Sur le sort d'un homme abattu :
Je peux, au premier cri d'alarmes,
Appeler à moi par les charmes
Tout le royaume des enfers ;
Et j'exercerai ma vengeance,
Si tu ne gardes le silence,
Et tu gémiras dans les fers.

V.

A ces mots, ma muse effrayée
S'écria, s'éloignant de moi,
Puisque la gérance est payée
Tu peux la critiquer de droit :
Sois un interprète fidèle
D'une société *modèle*,
Tu ne risqueras jamais rien ;
Dévoile tous ses artifices,
Et tu rendras par tes services
Le bien-être à l'homme de bien.

VI.

Je ne citerai que le style
Et les manœuvres des gérants,
Qui trouvent dans certaine ville
Des souscripteurs trop confiants.
Je forme une entreprise sûre,
Dit chacun d'eux, et je vous jure
Qu'elle offre de beaux revenus ;
Mais cette affaire de famille,
Toute exempte de peccadille,
A tous ses titres retenus.

VII.

Examinez, voyez nos listes ;
Quelle responsabilité !
Quel conseil de capitalistes !
Dont les noms font autorité.
Apprenez donc que leur richesse
Devient la caution expresse
De notre capital entier,
Et que la fortune est nantie
Et toute action garantie
A l'artisan comme au rentier !

VIII.

C'est dans tout genre d'entreprise,
Dans toute sorte de vapeurs,
Qu'un fourbe gérant éthérise
Les trop crédules souscripteurs.
Il donne au premier exercice
Un fort dividende factice
Prélevé sur le capital ;
Et s'il prend sa part d'honoraires
Sur ces profits imaginaires,
Son crime est doublement fatal.

IX.

Au moyen de ses écritures
Et de ses dividendes faux,
Vite il obtient les signatures
De mille souscripteurs nouveaux.
Il pousse même l'impudence
Jusqu'à situer la balance
Et le bilan essentiel ;
Bien qu'il ait eu tort de soustraire
Le vingt pour cent à l'inventaire
Pour en grever le matériel.

X.

Il a soin de cacher la perte
Dans tous ses rapports annuels,
Mais il tient sa pensée ouverte
A quelques fortunés mortels ;
Il fait publier dans la presse
Qu'il doit toute cette richesse
A des brevets d'inventions ;
Tandis qu'il use d'artifices
Et prélève les bénéfices
Sur les versements d'actions.

XI.

Il engage la multitude
A porter l'or à pleines mains,
Puisqu'il donne la certitude
Qu'il retient une part des gains ;
Puisqu'il assure qu'il conserve
Pour des cas fortuits la réserve
Et le double amortissement!!
Et par des serments si perfides
Il oblige les plus timides
A compléter le versement.

XII.

En trompant ainsi ses victimes
Il obtient d'elles le pouvoir
De prélever de fortes primes
Et de dissiper leur avoir ;
Puis avec le faux bénéfice,
Provoque la hausse factice,
Vend de suite ses actions,
Et s'entend avec ses compères
Initiés dans ses affaires,
Pour frustrer quelques millions.

XIII.

Lorsqu'un gérant par ses menées
Fait approuver ses faux rapports,
Il peut bien en quelques années
Amasser d'immenses trésors :
Mais le jour où le dividende
Est remplacé par la demande
De fonds et de nouveaux prêteurs ;
Il voit fuir rêves et richesses
Et n'obtient qu'avec des promesses
Les notes de ses souscripteurs.

XIV.

Que de l'opinion publique
La presse devienne l'écho,
Le gérant dans la polémique
S'engage et soudain fait défaut :
Il a recours à des manœuvres
Pour tenir secrettes ses œuvres,
Surtout sa comptabilité !!
Et prépare pour sa défense
Les mensonges et l'arrogance
Pour obtenir l'impunité.

XV.

D'abord il montre une série
D'articles plus ou moins confus,
Que les chevaliers d'industrie
Osent nommer lois ou statuts;
Puis il prétend que l'assemblée,
Fort légalement appelée,
Approuva toujours ses rapports,
Et que le docte aréopage
Donna, dans un grave langage,
Aux récalcitrants tous les torts.

XVI.

Surgit-il quelque téméraire
Qui proteste d'après la loi,
Et dit à l'assemblée entière :
On trompe votre bonne foi?
Le gérant et sa bande noire
L'accusent d'un ton dérisoire
D'avoir voulu trop spéculer;
Et de l'air le plus hypocrite,
Lui promettent la réussite
Pour le temps qui va s'écouler.

XVII.

Tous le plaignent par ironie
D'être privé de la raison,
Ou pour délit de calomnie
Le menacent de la prison ;
Mais loin de rendre ridicule
Ou d'enfermer l'homme crédule
Dont ils ont causé les malheurs,
Ils voient du public la pensée
Dans la baisse très prononcée
De leurs fugitives valeurs.

XVIII.

La compagnie en commandite
Se traîne encore quelques mois,
Et ruine, en déclarant faillite,
Mille familles à la fois :
Alors tous les actionnaires
Dont les titres coûtaient naguères
Le pair et plusieurs millions,
Sont priés de payer les dettes,
Les dépenses et les emplettes
Dont ils demeurent cautions.

XIX.

Le public quelquefois s'étonne
Si l'actionnaire se tait,
Qu'il sache que chacun raisonne
D'après la crainte ou l'intérêt!
La plupart ont de l'espérance,
Quelques-uns flattent la gérance
Pour prendre un naïf acheteur,
Mais nul ne veut la procédure,
Dont la perte lui semble sûre,
Et dont les grands frais lui font peur.

XX.

Que l'on remonte à l'origine
Des siècles les plus reculés,
Voit-on des actes de rapine
Plus subtils et mieux calculés?
Non. D'une part le communiste,
Sous le nom de socialiste,
Voudrait la moitié de nos biens;
Mais l'agioteur a l'audace
De tout prendre et ne faire grâce
Que de la vie aux citoyens.

XXI.

Ce dernier accomplit le crime
Sans s'exposer à nul danger,
Et sait dépouiller sa victime
Sans qu'elle puisse se venger;
Il est plus d'une fois faussaire,
Puisqu'il cause la ruine entière
De toute une grande cité;
Mais au lieu de subir sa peine,
Il rentre bientôt dans l'arène
Avec plus de célébrité.

XXII.

Alors qu'un brigand sur la route
Détrousse quelques voyageurs,
Il craint le péril et redoute
Des lois les terribles rigueurs;
Il a le courage ou l'audace
De regarder la mort en face
Et de braver les châtiments;
Mais, l'escroc aux grandes ressources,
Ne craint que ses pas ou ses courses,
Ou le refus de versements.

XXIII.

Les enfants de notre patrie
Sauvent les peuples italiens,
Et les chevaliers d'industrie
Ruinent leurs propres citoyens;
Mais le héros à qui la France
Doit décerner, pour sa vaillance,
La triple palme de vainqueur,
Saura bien venger tant d'outrages
Et le peuple dont les suffrages
Le proclamèrent Empereur.